Mission dans les bois

de Beatrice Masini
illustré par Sara Not
traduit de l'italien par Lise Chapuis

MILAN

CHAPITRE 1

Ce matin, Zoé a fait un caprice au supermarché. Ça s'est passé au rayon des jouets : on est obligé de passer devant parce qu'il est juste après les produits surgelés et juste avant les caisses, et sa maman s'arrête tout le temps aux surgelés. Alors, ce n'est pas la faute de Zoé.

Non, vraiment, ce n'est pas sa faute si personne ne lui a encore acheté *La Petite Écurie*. Elle avait bien fait une tentative la semaine dernière, mais sa maman n'avait pas cédé. Cette fois, oui, Zoé est arrivée à ses fins. Pourtant, elle ne fait pas de caprices spectaculaires, elle ne se roule pas par terre, elle ne sanglote pas : elle se contente de rester là, sans bouger, les poings serrés, le visage crispé, jusqu'à ce que quelque chose se passe. De toute façon, *La Petite Écurie* ne coûte pas cher, sinon on la vendrait dans un vrai magasin de jouets, pas au supermarché. Et puis ça faisait trop de peine à

Zoé de laisser une *Petite Écurie* prisonnière à l'intérieur du supermarché !
Maintenant qu'elle a eu ce qu'elle voulait, Zoé est toute mignonne et elle joue tranquillement à plat ventre sur le tapis de sa chambre, sans faire plus de bruit qu'une petite souris. Dans *La Petite Écurie*, il y a une maisonnette dont le toit s'enlève pour pouvoir jouer à l'intérieur. Elle est meublée simplement, comme une vraie ferme, avec des fauteuils en bois, la télévision en bois, une cuisine en bois et deux petits lits en bois eux aussi.
Mais le plus beau, c'est l'extérieur. Avec les pièces qui sont dans la boîte, on peut fabriquer des barrières, on appelle ça un « paddock », Zoé le sait parce qu'elle regarde des tas de films et de dessins animés avec des chevaux ; on peut aussi installer l'abreuvoir et les box, là encore avec le toit qui s'enlève.

Et surtout, il y a les chevaux. Quatre, ce n'est pas beaucoup pour une vraie écurie, mais cela suffit pour un début : un blanc, un noir, un gris et un roux. Le préféré de Zoé, c'est le roux, parce que la robe de ce cheval, même si elle est en bois et pas en vrai pelage, est de la même couleur que ses cheveux. Elle a décidé de l'appeler Zéphyr, et elle a placé dessus la petite fille en bois qui lui ressemble et qu'elle a appelée Zoé. Il y a aussi un petit enfant blond : son nom, c'est Berto, et il est en train de brosser le cheval gris. Zéphyr, lui, est déjà bouchonné et sellé, prêt à s'élancer.

Voilà Zoé et Zéphyr partis, ils sautent par-dessus la barrière, rien ne les arrête. Mais soudain, un faux mouvement du coude de Zoé – la grande – fait sauter le toit de la maison, et Zoé et Zéphyr atterrissent dans

le salon. Drôle d'endroit pour un cheval et une petite fille !
– Allez, Zéphyr, dit Zoé en tirant les rênes.
Mais le cheval répond :
– Attends, c'est mon émission préférée !
Et il reste planté à regarder la télé, ébahi.
Un cheval qui regarde la télé ? Bizarre !
Mais Zoé remarque quelque chose d'encore plus bizarre : une image avec un cheval roux monté par une petite fille rousse est collée sur l'écran !

– Mais où je les ai déjà vus, ces deux-là ? se demande Zoé.

À ce moment-là on entend le générique du dessin animé *Les Aventures de Zoé et Zéphyr*.

– Ça alors ! s'exclame-t-elle, tout ébahie elle aussi.

Zoé et Zéphyr galopent sur la crête d'une colline. L'herbe est haute et ils vont à toute vitesse, laissant derrière eux un sillage de tiges piétinées par les sabots. On dirait la traînée d'un avion dans le ciel, sauf que c'est un ciel d'herbe, tout vert. En bas, on voit une vallée avec quelques fermes éparpillées, très éloignées les unes des autres. On distingue les rectangles des champs cultivés, avec plein de jaunes et de verts différents. C'est beau à voir, mais pas très intéressant : qu'est-ce qui peut bien se passer dans un champ ? Alors Zoé regarde de l'autre côté, et là le paysage est complètement différent : un bois sombre commence juste au pied de la colline, et il est si grand qu'on n'en voit pas la fin.

CHAPITRE 2

– Allons-y ! dit Zoé à Zéphyr, et celui-ci, docile, s'élance.

Zoé sent le vent dans ses cheveux et sur son visage, c'est grisant. Zéphyr va à toute vitesse mais elle n'a pas peur : avec lui, elle irait jusque sur la Lune, si les chevaux savaient voler. D'ailleurs, Zéphyr est tellement spécial qu'il en est peut-être capable : Zoé ne serait pas étonnée s'il avait deux grandes ailes repliées sous la selle…

Mais non, c'est complètement idiot !

À présent, ils sont en bas de la colline et longent l'orée du bois. D'un côté, la lumière inonde le paysage, tandis que de l'autre, à l'intérieur du bois, elle prend une teinte vert sombre, semblable à celle des feuilles.

– En avant ! ordonne Zoé.

Zéphyr part au petit trot, car il est impossible de galoper : il y a trop de branches basses et pas même un sentier à suivre. On dirait que personne ne s'est jamais aventuré par ici, tellement le bois est touffu.

– Zéphyr, peut-être que nous sommes les premiers explorateurs à traverser cette forêt…

Le cheval roux écrase bruyamment les buissons et les branches sèches avec ses

sabots, faisant déguerpir un tas de petits

animaux : des oiseaux, des levrauts, un hérisson. Soudain, Zoé entend un bruit bizarre…

– Halte, Zéphyr ! dit-elle, et le cheval ralentit puis s'arrête sans même qu'elle touche les rênes.

Le silence se fait autour d'eux, rompu seulement par le bruissement des feuilles, le chant des oiseaux et le

cliquetis du harnais. Zoé met une main derrière son oreille pour mieux entendre. Ah, voilà ! Non, rien. Mais si ! Le voilà de nouveau, bien perceptible : un cri d'animal, une sorte de mugissement étouffé. Sauf que, dans les bois, il n'y a pas de vaches. Zéphyr remue ses oreilles et souffle, il a l'air inquiet.

– Bravo, mon cheval. Tu as entendu, toi aussi ? Allons-y ! Cherche, Zéphyr, cherche !

Zoé a confiance en son cheval : elle sait qu'il est curieux, exactement comme elle. Ils avancent tout doucement dans le bois qui est maintenant devenu une vraie forêt : les arbres sont de plus en plus hauts, ils ont l'air très vieux. L'ombre est épaisse et sombre ; par endroits seulement, les rayons du soleil parviennent à la traverser, tombant vers le sol comme des

faisceaux de lumière ou des projecteurs. Zoé s'arrête un instant : on dirait que la nature a le souffle coupé, comme elle. Elle aperçoit une maman sanglier avec ses marcassins rayés qui s'enfuient à toute vitesse sur leurs petits sabots brillants.

CHAPITRE 3

Et puis… non… ce n'est pas possible !

Zoé lâche les rênes un instant, elle n'en croit pas ses yeux. Oui, là, ce sont bien deux faons tout frémissants, avec leur pelage fauve tacheté de blanc ! Elle ne les a pas repérés tout de suite dans la pénombre, mais les voilà, bien droits sur leurs pattes, avec leurs naseaux humides pointés en l'air. Ils poussent un petit cri : un râle minuscule, très délicat.

Pourtant ce n'est pas le bruit que Zoé a entendu tout à l'heure. Cette fois, elle a compris. Elle se laisse glisser à terre, attentive à ne pas faire de gestes brusques pour ne pas effrayer les deux faons.

Elle prend le mors de Zéphyr. Mais elle ne guide pas le cheval, au contraire elle lui dit de nouveau :

– Cherche, Zéphyr, cherche !

Maintenant c'est lui qui indique la direction, et ils avancent ensemble, lentement, un pas après l'autre. Les faons restent là à les observer avec leurs grands yeux humides.

Zoé suit Zéphyr qui pose ses lourds sabots sur le sol avec une délicatesse incroyable : on dirait presque qu'il marche sur la pointe des pieds. Zoé sourit à cette idée, sans cesser de scruter autour d'elle.

Soudain, Zéphyr remue la tête, une fois seulement, de haut en bas, comme s'il désignait quelque chose devant eux. Zoé a compris. Elle lâche les rênes et continue toute seule, regardant bien où elle pose les pieds. Un pas... un autre pas... Elle entend la même plainte que tout à l'heure, faible, désespérée, mais bien nette. Zoé avance prudemment : maintenant que son regard s'est accoutumé à la pénombre, elle parvient à distinguer chaque détail.

Mais oui, la voilà ! Zoé avance rapidement pour se pencher vers la grande biche bloquée par un tronc qui lui coince les pattes arrière. Elle ne peut pas bouger. Par moments, elle agite les pattes de devant d'un mouvement désespéré, comme si elle pédalait dans le vide, brame vers le ciel, puis repose la tête au sol et ferme les yeux.

– Pauvre petite, dit Zoé, en lui caressant le museau aussi délicatement qu'elle le peut.

La biche frémit mais ne bouge pas. Peut-être est-elle trop fatiguée ? Peut-être a-t-elle trop peur ? Peut-être même est-elle blessée ?

Zoé se redresse et se tourne vers Zéphyr. Les deux faons l'ont suivie et se tiennent près du cheval. Leurs grands yeux écarquillés semblent implorer quelque chose.

Zoé sait maintenant ce qu'elle a à faire.

– Zéphyr, viens ici, tout doucement, dit-elle à voix basse.

Le cheval remue les oreilles et s'approche avec beaucoup de précautions.

– On va travailler en équipe, toi et moi, murmure Zoé en caressant le nez de Zéphyr qui souffle puis gratte le sol avec un de ses sabots.
Zoé détache une corde qui était accrochée à la selle et, par un nœud coulant, la passe autour du tronc de l'arbre, entre deux branches horizontales qui l'empêcheront

de glisser. Ensuite elle fixe l'autre bout au pommeau de la selle de Zéphyr.

– À toi de jouer maintenant ! Vas-y, Zéphyr !

Le cheval recule, il plante ses sabots dans la terre, souffle, agite sa crinière, s'arc-boute sans relâcher son effort. L'arbre semble cloué au sol. Mais Zéphyr ne veut pas s'avouer vaincu et continue de tirer.

– Allez ! l'encourage Zoé. Allez, tu y es presque !

C'est gagné ! Voilà l'arbre qui commence à bouger. Zéphyr recule tout doucement, pas à pas. La manœuvre est délicate car il ne faut pas faire mal à la biche. Finalement, le tronc glisse d'un seul bloc, et la voici libérée, qui bondit, encore toute frémissante. Mais au lieu de s'enfuir, elle reste là.

Zoé se dépêche de défaire la corde, puis elle approche son visage du nez de Zéphyr et murmure des paroles secrètes à son cheval. Elle lui dit qu'il a été fort et courageux. Elle lui dit merci.

Après une dernière caresse, Zoé se retourne et s'approche tout doucement de la biche. Les faons se serrent contre les flancs de leur mère qui se laisse caresser docilement, elle aussi.

Zoé examine attentivement le pelage de l'animal : il y a bien quelques égratignures, mais rien de grave. Avec un mouchoir imbibé de l'eau de sa gourde, elle nettoie les blessures. La biche ne bouge pas.

– Voilà, maintenant c'est fini, la rassure Zoé.

Alors la biche s'avance et approche son museau de celui de Zéphyr. C'est un salut rapide, humide, nez contre nez. Puis elle

se retourne et s'éloigne, gracieuse sur ses longues pattes, suivie de ses petits.

– On a été trop forts, Zéphyr ! se réjouit Zoé.

Le cheval hennit, et, comme en réponse, on entend le brame de la biche qui a déjà disparu dans le sous-bois. Zoé referme sa gourde et la remet dans son sac à dos avec le mouchoir mouillé. L'aventure est terminée. Zoé et Zéphyr peuvent rentrer à la maison.

CHAPITRE 4

– Zoé, ton goûter est prêt, dit la maman de Zoé en entrant dans la chambre de sa fille. C'est la troisième fois que je t'appelle. Si je comprends bien, ton nouveau jouet te plaît beaucoup.

Zoé fait galoper Zéphyr sur le pied de sa maman avant de le faire ruer.

– Avec mon cheval, on vient juste de sauver une biche. Même qu'elle avait des faons, tu sais.

La maman de Zoé s'assied sur le tapis et caresse d'un doigt la crinière de Zéphyr.

– Vous vous êtes bien débrouillés, répond-elle, ça n'a pas dû être facile.

Puis elle prend le cheval blanc.

– Celui-ci, c'est qui ?

– Toi, tu l'appellerais comment ? demande Zoé.

– Un cheval blanc ? Eh bien, Neige, peut-être ? Mais ce n'est pas très original.

– Les noms des chevaux n'ont pas besoin d'être spécialement originaux, ils doivent être beaux, c'est tout, commente Zoé. Et Neige, c'est vraiment un beau nom. Mon cheval à moi, il s'appelle Zéphyr, ajoute-t-elle en faisant galoper son petit cheval roux tout autour de la ferme.

– Et la petite fille qui monte le cheval, dit la maman, attends, laisse-moi deviner… Je parie qu'elle s'appelle Zoé !
– Mais comment tu le sais ? s'exclame Zoé, stupéfaite.
– Les mamans savent toujours un tas de choses, ma chérie, répond sa maman avec un sourire.
– Bon, vu que tu te débrouilles si bien avec les noms, tu ne veux pas en choisir un aussi pour les autres chevaux ? demande Zoé.
La maman de Zoé les prend un à un et les pose devant elle sur le tapis...
– Celui-ci, annonce-t-elle en soulevant le cheval noir, c'est Tempête. Comme un orage, mais plus fort, plus ténébreux. Celui-ci au contraire, dit-elle en prenant le petit cheval gris, c'est Furie.
– Quel mot difficile ! remarque Zoé. Qu'est-ce que ça veut dire ?

– C'est comme quand tu veux faire une chose et que rien ne peut t'en empêcher, parce que tu sens au-dedans de toi une force qui te pousse, qui t'oblige presque à faire cette chose.

La maman de Zoé pose Furie sur le tapis et lui fait faire une petite course jusqu'à l'abreuvoir.

– Comme les caprices par exemple ? demande Zoé d'une toute petite voix.

– Comme le caprice de ce matin au supermarché.

– Ah ! dit Zoé.

Elle reste pensive un instant, avant d'ajouter :

– Oui, mais ça, c’était un bon caprice. Parce que, finalement, *La Petite Écurie*, tu me l’as achetée, et maintenant elle est ici, avec nous. Imagine comme elle aurait été triste si elle était restée dans le supermarché, quand tout ferme et que les lumières s’éteignent. Imagine comme ils auraient été tristes, nos petits chevaux, au fond d’une boîte.

– Tu as raison, répond sa maman.

– Cela veut dire que, quelquefois, certains caprices ont du bon, dit Zoé.

– Pas tous, nuance sa maman.

– Pas tous, admet Zoé. Les caprices de Berto, par exemple, ne sont jamais de bons caprices. Au fait, il est où ?

– Il fait sa petite sieste. Tu veux venir le voir ? On dirait un ange.

– Seulement quand il dort, dit Zoé.

Puis elle prend le petit garçon aux cheveux blonds qu’elle a appelé Berto, comme son

petit frère, et le couche sur le lit de *La Petite Écurie*.

– On joue ? demande-t-elle à sa mère en remettant le toit à sa place.

– D'accord. Moi, je suis qui ?

– Tu peux choisir le cheval que tu veux, sauf Zéphyr. D'après moi, celui qui te va le mieux, c'est Neige. Tu es tellement calme, toi… soupire Zoé.

Avant d'ajouter :

– Je parie que toi et Neige vous n'arriverez pas à nous rattraper…

Alors elle lance Zéphyr à toute allure. Le vent siffle à ses oreilles, lui fouette les cheveux. Galoper, c'est vraiment ce qu'il y a de plus beau au monde !

Mise en pages : Corinne Deniel.
Création graphique : Bruno Douin.

Titre original : *Vic e vento - Salvataggio nel bosco*

Loi 49.956 du 16.07.1949 sur les publications destinées à la jeunesse.
Dépôt légal : 1er trimestre 2013
ISBN : 978-2-7459-6154-9
www.editionsmilan.com
Imprimé en France par Pollina - L63516A